Para Steven, Allen, Rachel y Kevin Blankenship . . .
Para todos los adultos que nunca encuentran sus llaves . . .
—P. B.

Para Dominic, el pequeño violinista con botas de mariquita . . .
—D. P.

Y para todos, porque todos ustedes me inspiran de alguna manera.
—L. R.

A los padres

Los dos leemos es la primera serie de libros diseñada para invitar a padres e hijos a compartir la lectura de un cuento, por turnos y en voz alta. Esta "lectura compartida"—una innovación que se ha desarrollado en conjunto con especialistas en primeras lecturas—invita a los padres a leer los textos más complejos en las páginas a la izquierda. Luego, les toca a los niños leer las páginas a la derecha, que contienen textos más sencillos, escritos específicamente para primeros lectores. El ícono "lee el padre" ☺ precede al texto del adulto, mientras que el ícono "lee el niño" ☺ precede al texto del niño.

Leer en voz alta es una de las actividades que los padres pueden compartir con sus hijos para ayudarlos a desarrollar la lectura. Sin embargo, *Los dos leemos* no es sólo leerle *a* su niño; sino, leer *con* su niño. *Los dos leemos* es más poderoso y efectivo porque combina dos elementos claves de la enseñanza: "demostración" (el padre lee) y "aplicación" (el niño lee). El resultado no es solamente que el niño aprende a leer más rápido, ¡sino que ambos disfrutan y se enriquecen con esta experiencia!

Sería más útil si usted lee el libro completo y en voz alta la primera vez, y luego invite a su niño a participar en una segunda lectura. Lo animamos a compartir y relacionarse con su niño mientras leen juntos. Si su hijo tiene dificultad, usted puede mencionar algunas cosas que lo ayuden. Los niños pueden hallar pistas en las palabras, en el contexto de las oraciones, e incluso de las ilustraciones. Algunos cuentos incluyen patrones y rimas que también los ayudarán. Si su niño apenas comienza a leer, le puede sugerir que toque cada palabra con el dedo mientras la va leyendo, de esta forma puede conectar mejor el sonido de la voz con la palabra impresa.

Al compartir los libros de *Los dos leemos,* usted y su hijo vivirán juntos la fascinante aventura de la lectura. Es una manera divertida y fácil de animar y ayudar a su niño a leer, y una maravillosa manera de que su niño disfrute de la lectura para siempre.

Los dos leemos: Los zapatos perdidos de Lola

––––––––––––––––––––––

We Both Read® es una marca registrada de Treasure Bay, Inc.

Publicado por Treasure Bay, Inc.
40 Sir Francis Drake Boulevard
San Anselmo, CA 94960 USA

Impreso en Singapur
Printed in Singapore

Library of Congress Control Number: 2006901457

Cubierta dura (Hardcover)   ISBN-10: 1-891327-77-1
Cubierta dura (Hardcover)   ISBN-13: 978-1-891327-77-3
Cubierta blanda (Paperback)   ISBN-10: 1-891327-78-X
Cubierta blanda (Paperback)   ISBN-13: 978-1-891327-78-0

Los Dos Leemos™
We Both Read® Books
USA Patente No. 5,957,693

Visítenos en:
www.webothread.com

Los zapatos perdidos de Lola

por Paula Blankenship

adaptado al español por Yanitzia Canetti

ilustrado por Larry Reinhart

TREASURE BAY

El sol ilumina a Lola tempranito.
También ilumina a su mascota: Tito.
Lola se levanta y bosteza cada mañana.
Y luego Lola salta de su . . .

. . . cama.

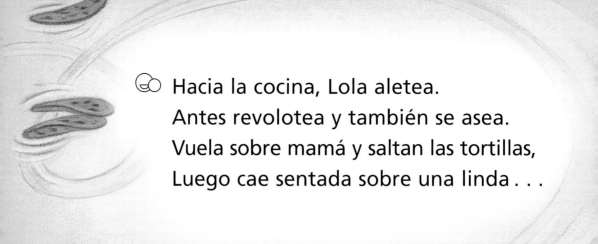

Hacia la cocina, Lola aletea.
Antes revolotea y también se asea.
Vuela sobre mamá y saltan las tortillas,
Luego cae sentada sobre una linda . . .

. . . silla.

Su mamá le dice: —¡Deja de jugar,
porque la comida se te va a enfriar!
Es hora de salir. ¡Apúrate y vuela!
Tú debes llegar temprano a la . . .

. . . escuela.

Se escapó un eructo: "¡Ay, disculpa!
Fue sin querer, no fue mi culpa".
Lola dice adiós a mamá en la cocina.
Y mueve rápido sus patitas cuando . . .

. . . camina.

Papá le grita: —Lola, párate ahí.
Estás descalza, no puedes irte así.
¡Ponte los zapatos o sentirás frío!
Yo los vi anoche cerca del . . .

. . . río.

Entre la hierba, Lola empieza a buscar.
¿En qué lugar del mundo podrían estar?
Le pregunta a Tito: —¿Los viste por aquí?
Él se encoge de hombros y dice: —No me mires . .

. . . a mí.

Le pregunta a las abejas que son tan listas.
Ellas podrían darle tal vez algunas pistas.
Vieron rosas, jazmines y algunas amapolas.
Pero no vieron nunca los zapatos . . .

. . . de Lola.

Lola llega a la orilla, ¡pero qué lío!
Quizás sus zapatos se cayeron al río.
—Hola, Lola, te ayudaré de buena gana.
Echaré un vistazo —le dijo . . .

. . . la rana.

La rana trata pero no lo puede lograr.
Ya no hay nada que hacer en ese lugar.
Pobrecita Lola, está a punto de llorar.
Y aquí viene llegando el . . .

... autobús escolar.

Se pregunta: ¿Dónde están mis zapatos?
Ya los he buscado por un buen rato.
No están en la colmena ni por aquí.
¡Seguro se están escondiendo . . .

. . . de
mí!

El autobús se detiene frente a la casa.
La conductora baja y pregunta qué pasa.
Mamá le pide: —Por favor, espere un rato
Es que Lola ha perdido . . .

. . . sus zapatos.

Las arañas y los insectos no son pacientes,
ni tan tranquilitos como las serpientes.
Vuelan alborotados al saber lo que pasa.
¡Ay, Lola, todos se van a meter . . .

. . . en tu casa!

Los insectos son útiles por naturaleza.
Ayudar a Lola es lo que más les interesa.
En libreros y lámparas buscan a su antojo.
Se distraen con un libro de color . . .

. . . rojo.

Por toda la casa saltan los grillos.
Los saltamontes brincan por los pasillos.
Las arañas exploran repisas y consolas.
Los escarabajos encuentran . . .

. . . la pelota de Lola.

En la cortina se mece la mariposa, Dora.
Y una polilla encuentra la aspiradora.
En un latón de basura, la mosca busca sola.
Pero allí tampoco están los . . .

. . . zapatos de Lola.

Los ojos de Mamá se ven enojados.
¡Ahora TODOS están retrasados!
No hallaron los zapatos ni en el jardín.
Lo único que encontraron . . .

. . . es un patín.

Alguien levanta el sofá con sus patitas.
Es una fuerte y curiosa termita.
Ella busca debajo y en cada sombra,
mientras otros iluminan debajo de . . .

. . . la alfombra.

Lola ha buscado alrededor.
Está agotada por el calor.
Así que sus amigos le dan palmaditas,
y le hacen cosquillas en . . .

. . . cada patita.

Mamá entra y le dan explicaciones.
¡Ellos han buscado en todos los rincones!
—¿Revisaron el armario? —pregunta Mamá—.
Tal vez lo que buscan es allí donde . . .

. . . está.

De repente los zapatos comenzaron a caer.
¡Qué alegría tenían! ¡No lo podían creer!
Y rieron a carcajadas al poco rato:
—¡Por fin encontramos los famosos . . .

. . . zapatos!

Si te gustó **Los zapatos perdidos de Lola**, ¡aquí encontrarás otros dos libros *Los dos leemos*® que también disfrutarás!

Este libro de Nivel K está diseñado para el niño que recién se inicia en la lectura. La página del niño tiene sólo una o dos palabras, la cual está relacionada directamente con la ilustración e incluso rima con la que le acaban de leer. Este encantador cuento es acerca de lo que un niño hace en el trascurso de un día feliz.

Para ver todos los libros *Los dos leemos* disponibles, visite **www.webothread.com**

Sapi, un pequeño sapito aventurero, está jugando con sus amigos, cuando de pronto su pelota sale disparada dando saltos, ¡y va a parar a la casa de un gigante! Los amigos de Sapi están muy asustados y no se atreven a entrar para rescatar la pelota, así que Sapi decide hacerlo. Cuando el gigante lo descubre, Sapi piensa que se trata de un enorme y terrible gigante, pero se trata solamente de un niñito amistoso.